KB168866

우리 시대 현대시조 100인선 5

구룡폭포(九龍瀑布)

조 운

태학사

우리 시대 현대시조 100인선 5

구룡폭포(九龍瀑布)

초판 인쇄 2000년 12월 28일 • 초판 발행 2001년 1월 1일 • 지은이 조운 • 펴낸이 지현구 • 펴낸곳 태학사 • 주소 서울시 서초구 서초2동 1357－42 • 전화 (02) 584－1740 (代) • 팩스 (02) 584－1730 • e-mail thaehak4@chollian.net • http://www.thaehak4.com • 등록 제22－1455호

ISBN 89-7626-593-9 04810 • ISBN 89-7626-507-6 (세트)

값 5,000 원

☞ 파본은 구입한 곳이나 본사에서 바꾸어 드립니다.

가족사진(1941)
(왼쪽부터 3남 명재, 차남 청재, 필자, 사위 임씨, 장남 홍재, 부인 魯咸豊, 딸 나나)

가족사진(뒷줄 왼쪽부터 여덟번째가 필자, 앞줄 왼쪽부터 일곱번째가 어머니) (1924)

서해 최학송의 묘비 제막식에 모인 문인들(뒷줄 오른쪽 끝이 필자) (1934)

조운의 생가

차례

제1부 九龍瀑布

제2부 芭蕉

제3부 雪晴

제4부 停雲靄靄

제5부 日吟

제6부 柚子(『靑雲時調集』 미수록 작품)

제1부 九龍瀑布

九龍瀑布

사람이 몇 生이나 닦아야 물이 되며 몇 劫이나 轉化해야 금강에 물이 되나! 금강에 물이 되나!

샘도 江도 바다도 말고 玉流 水簾 眞珠潭과 萬瀑洞 다 고만 두고 구름 비 눈과 서리 비로봉 새벽안개 풀끝에 이슬 되어 구슬구슬 맺혔다가 連珠八潭 함께 흘러

九龍淵 千尺絶崖에 한번 굴러 보느냐.

海佛庵 落照

뻘건 해
끓는 바다에 재롱부리듯 노니다가

도로 솟굴 듯이 깜박 그만
지고 마니

골마다 구름이 일고
쇠북소리 들린다.

佛甲寺 一光堂

窓을 열뜨리니
와락 달려 들을 듯이

萬丈 草綠이
뭉게뭉게 피어나고

꾀꼬리
부르며
따르며
새이새이 건는다.

山寺 暴雨

골골이 이는 바람
나무를 뽑아 내던지고

峯마다 퍼붓는 비
바위를 들어 굴리는데

절간의 저녁 종소리
여늬 땐 양 우느냐.

出帆

海門에 진을 치듯
큰 돛대
작은 돛대

빨건 아침 별을
떠받으며
떠나 간다

지난 밤
모진 비바람
죄들 잊어 버린 듯.

水營 울똘목

碧波亭이 어디메오
울똘목 여기로다

當年에 못다 편 뜻
상기도 남아 있어

오늘도 워리렁충청
울며 돌아 가누나.

滿月臺에서

寧越 子規樓는 봄밤에 오를꺼니
滿月臺 옛宮터는 가을이 제철일다
지는잎 부는 바람에 날도 따라 저물다.

(端宗의 詩－寄語世上苦勞人 愼莫登春三月子規樓)

松都는 옛이야기 지금은 하품이야
설움도 낡을진대 새 설움에 아이느니
臺뜰에 심은 벚나무 두길세길 씩이나.

善竹橋

善竹橋 善竹橋러니 발남짓한 돌다리야
실개천 여윈 물은 버들잎에 덮였고나
五百年 이 저 歲月이 예서 지고 새다니.

피니 돌무늬니 물어 무엇 하자느냐
돌이 모래되면 忠臣을 잊겠느냐
마음에 스며든 피야 五百年만 가겠니.

圃隱만한 義烈로서 흘린 피가 저럴진대
나보기 前 일이야 내 모른다 하더라도
이마적 흘린 피들만 해도 발목지지 발목져.

湖月

달이 물에 잠겨 두렷이 흐르는데
맑은 바람은 漣波를 일으키며
뱃몸을 실근실근 밀어 달을 따라 보내더라.

달이 배를 따르다가 배가 달을 따르다가
뱃머리 빙긋 돌제 달이 櫓에 부딪치면
아뿔사 조각조각 부서져 뱃전으로 돌더라.

풍덩실 뛰어들어 이 달을 건져내랴
훨훨 날아가서 저 달을 안아 오랴
머리를 들었다 숙였다 어쩔줄을 몰라라.

石潭新吟

一曲이 예라건만 冠岩은 어디 있노
半남아 떨렸으니 옛모습을 뉘 傳하리
흰구름 제그림자만 굽어보고 있고나.

二曲은 배로 가자 花岩은 물속일다
長廣 七八里가 거울 같이 즐편하여
人家도 다 묻혔거든 물을 데나 있으리.

三曲을 찾아 가니 翠屛이 예로고나
松林을 머리에 인채 허리에 배 매었다
夕陽은 無心한 체 하고 불그러히 실렸다.

四曲이 깊숙하다 松崕에 쉬어 가자
架空庵 옛터 보고 凌虛臺로 내려 오며
石泉水 손으로 쥐어 마시는 게 맛이다.

五曲으로 돌아드니 隱屛에 가을일다
聽溪堂 거친 뜰에 銀杏 잎만 흐듣는데

布巾 쓴 弱冠 少年은 입벌린 채 보는고.

六曲은 釣峽이라 물이 남실 잠겼고나
兩岸에 늙은 버들 빠질 듯이 우거지고
새새이 내민 바위는 釣臺인 듯 하여라.

七曲 楓岩은 깎아지른 絶壁이야
푸른 솔 붉은 丹楓 알맞게 서리 맞아
一千길 물밑까지가 아롱다롱 하더라.

八曲으로 거스르니 물소리 果然 琴灘일다
돌을 차며 뒤동그려 이리 꿜꿜 저리 좔좔
바위를 싲어 흐르다간 어리렁출렁 하더라.

九曲이 어디메오 文山이 아득하다
十里 長堤에 오리숲이 컴컴하다
淸溪洞 淸溪다리 건너 게가 기오 하더라

高山 九曲潭은 栗谷의 노던 터라
오늘날 이꼴씨를 미리 짐작 하신 끝에
남 몰래 시름에 겨워 오르나리셨거니.

제2부 芭蕉

石榴

투박한 나의 얼굴
두툴한 나의 입술

알알이 붉은 뜻을
내가 어이 이르리까

보소라 임아 보소라
빠개 젖힌
이 가슴.

菜松花

불볕이 호도독호독
내려쬐는 담머리에

한올기 菜松花
발돋움 하고 서서

드높은 하늘을 우러러
빨가장히 피었다.

古梅

梅花 늙은 등걸
성글고 거친 가지

꽃도 드문드문
여기 하나
저기 둘씩

허울 다 털어버리고 남을 것만 남은 듯.

蘭草잎

눈을 파헤치고
蘭草잎을 내놓고서

손을 호호 불며
들여다 보는 아이

빨간 손
푸른 잎사귀를
움켜쥐고 싶고나.

오랑캐꽃

넌지시 알은 체 하는
한 작은 꽃이 있다

길가 돌담불에
외로이 핀 오랑캐꽃

너 또한 나를 보기를
나
너 보듯 했더냐.

芭蕉

펴이어도
펴이어도 다 못 펴고
남은 뜻은

故國이 그리워서냐
노상 맘은 감기이고

바듯이 펴인 잎은
갈갈이
이내 찢어만지고.

무꽃

무꽃에 번득이든
흰나비 한 자웅이

쫓거니 쫓기거니 한없이
올라간다

바래다
바래다 놓쳐
도로 꽃을 보누나.

도라지꽃

진달래
꽃잎에서부터 붉어지든
봄과 여름

붉다 붉다 못해
따가운 게 싫어라고

도라지 파라소름한 뜻을
내가 짐작하노라.

玉簪花

우두머니 등잔불을 보랐고 앉었다가

문득 일어선 김에 밖으로 나아왔다

玉簪花
너는 또 왜 입때
자지 않고 있으니.

野菊

가다가 주춤
머무르고 서서
물끄러미 바래나니

산뜻한 너의 맵시
그도 맘에 들거니와

널 보면 생각하는 이 있어
못견디어 이런다.

부엉이

꾀꼬리 사설
두견의 목청
좋은 줄을 누가 몰라

도지개 지내간 후
쪼각달이 걸리며는

나는야
부엉부엉 울어야만
풀어지니 그러지.

앵무

앵무는 말을 잘해
갖은 귀염 다 받아도

저물어 뭇새들이
깃 찾아 돌아갈 젠

잊었던 제 말을
이깨우며
새뜨리고 있니라.

갈매기

갈매기
갈매기처럼
허옇게 무리 지어

마음 대로 좀
쑤어려 보았으면

파아란 물결을 치며
훨훨 날아도 보고.

제3부 雪晴

雪晴

눈오고 개인 볕이
터지거라 비친 窓에

落水물 떨어지는 그림자
지나가고

와지끈
고드름 지는 소리
가끔 맘을 설레네.

獨居

빈 방만 여기고서
함부로 수뛰리든

처마에 새 두마리
기침에 달아난다

열쩍어
나려지는 먼지만
물끄러미 보노라.

그 梅花

窓볕이 다솧거늘
冊 덮고 열뜨리니

去年 그 梅花가
밤 동안에 다 피었다

먼 山을 바래다가 보니
손에 꽃잎일레라.

題家

울이 없는지라 뵈는 것이
다 뜰일다

사립 없는 집이어니 임자가
나만이랴

뒤안에 노란 살구는
동내 애들 차지여.

怒濤

돌틈에 솟은 샘물
山골이 갑갑해라

千里 萬里길을 밤낮없이
울어 와선

바다도
갑갑해라고
이리 노해 하노니.

時調 한 章

손가락 모돠 쥐고
비비다 꼬다 못해

질항을 버쩍 들어
메부치는 마음으로

훤한 들 바라다 보며
시조 한 章
부른다.

상치쌈

쥘상치 두손 받쳐
한입에 우겨 넣다

희뜩
눈이 팔려 우긴 채 내다보니

흩는 꽃 쫓이던 나비
울 너머로 가더라.

夕涼

볏잎에 꽂힌 이슬 놀랠세라
부는 바람

빨아 대룬 적삼 겨드랑이
간지럽다

예 벌써 정자나무 밑에
時調 소리 들린다.

秋雲

하늘은 맑다소니
나래는 가볍것다

오늘은 九雲里
來日은 또 몇 萬里뇨

오가는 저 구름짱들 서로 말을 미루네.

偶吟

지는 잎이 서오ㅎ더니
드는 날이 정다웁다

오거니
가거니
모르는 척 하잤더니

반기고
아끼는 맛이
외려 구수 하고나.

잠든 아기

잠고대 하는 설레에 보던 글줄
놓치고서

책을 방 바닥에
편채로 엎어 놓고

이불을 따둑거렸다
빨간 볼이 예쁘다.

寒窓

두부장수 외는 소리
골목으로 잦아지자

빨간 窓볕이
어슨듯 그므러져

쪼이든 화로를 뒤지니 불은 벌써
꺼지고.

별

千年에 하루씩만
별밤이 있다 하면

기나긴 겨울밤을
선 채 얼어 굳을 망정

우러러 꼬빡 새고도
서오하여 하렸다.

눈

빰에는 이슬이오
가지에는 꽃이로다

곱게 쌓여노니 미인의 살결일다

비단이 밟히는 양 하여
소리조차 희고나.

雲月夜

눈우에 달이 밝다
가는 대로 가고 싶다

이길로 가고 가면
어디까지 가지는고

먼 말에
개 컹컹 짖고
밤은 도로 깊어져.

제4부 停雲靄靄

책 보다가

바람에 물린 눈이
窓틈에 들이친다

책들어 시린 손을
요밑에 녹이면서

얼없이 천장을 바래니
네가 생각히니라.

비 맞고 찾아온 벗에게

어젯밤 비만 해도 보리에는 무던하다
그만 갤 것이지 어이 이리 굳이 오노
봄비는 찰지다는데 질어 어이 왔는고.

비맞은 나무가지 새엄이 뾰쪽뾰쪽
잔디 속잎이 파릇파릇 윤이 난다
자네도 비를 맞아서 情이 치나 자랐네.

어머니 回甲에

아버지 일찍 여읜 우리들 七男妹를
한 이불에 재워 놓고 행여나 깨울세라
말없이 울어 새우신 적이 몇 번이나 되시노.

우는 애 보채는 애 등에 업고 품에 품고
여름비 겨울눈을 마다 아니 하셨건만
봄바람 가을달이야 좋은 줄을 아셨으리.

벽에 금이 날로 높고 철마다 옷이 짧아
크는 것만 좋아하고 늙는 줄은 모르시다
오늘에 白髮을 만지시며 속절없어 하시네.

省墓

조카를 더부리고
省墓하고 오는 길에

海望臺 바윗등에
이야기 이야기ㅎ다가

아버지 얼굴을 아느냐?
서로 물어 보았다.

아버지 얼굴

내가 그림을 배워
아버지를 그리리라

한때는 이런 생각을
한 적도 있었거니

네 살에 본 그 얼굴이 아버진지
아닌지.

故友 竹窓

술은 싫어해도
술자리에도 좋더니라

平生에 두려워 조심하는
동무연만

醉하면 그의 무릎에 잠든 적이 많었어.

돌아다 뵈는 길

投獄된 지 三年만에 重病으로 保釋되어 방한칸을 세 얻어 외로이 누워 있는 벗 C君을 찾아보고 돌아 오는 길에 車 안에서

밤낮 마주 앉아 얘기 끝이 없었것다
三年이 十年만하여 할말이 좀 많으리
대하니 말도 눈물도 막혀 물끄러미 보기만.

窓이나 발라주고 떠나오자 하던 것이
비 개인 밤바람은 몹시도 차고 차다
蛟布가 눈에 밟히네 어이 갈꼬 어이 가.

作別을 차마 못 마쳐 '떠날 때 또 다녀 가마'
아예 못할 짓을 ! 이게 맘에 걸리네나
찬 달이 기울었는데 상기 깨어 있는가?

故鄕에 돌아가면 무어이라 이르를꼬
깨물고 남은 찌경이 病 안구어 내쳤는데
그병도 맘은 못 새기드구 걱정 마소 하리라.

病友를 두고

竹窓을 海州 療養院에 入院시키고 돌아오는 길에 차중에서

있거라 가거라 말이 어디 나오더냐
얼굴도 어이런지 바로 보지 못하고서
머리맡 치우는 척하다 훌쩍나와 버렸다.

食母께 네 입맛을 조군조군 이르고서
醫師를 붙들고는 알뜰히 당부했다
病勢도 새삼스러이 다져 물어 보았어!

오늘따라 급자기 차서 어디 맘이 잊히느냐
치워 하는 양만 노상 눈에 밟히려니가
車속은 이리 다순 것을 괜히 걱정하겠고나.

아예 여기까지 따라 오지 말았던들
지금에 이대도록 고약하진 않았을지?
海州야 좀 가까웁거나 다숩거나 하여라.

죽은 사람 갇힌 사람 앓고 드러누운 사람

해마다 겹쳐겹쳐 離別이 이리 자지고나
뉘 애가 더 닳았는가 언제 만나 물을꼬

停雲靄靄

오느냐 못 오느냐 소식조차 이리 없냐
널 위해 담근 김치 맛도 시고 빛 변했다
오만 때 아니 오고는 시니 다니 하렸다.

올테면 오려무나 말테면 말려무나
서울 千里가 머대야 하룻길을
차라리 내 가고마지 기다리든 못하리.

오마고 아니 온 죄에 罰 마련을 하라 하면
가네 곧 가네 하고 사흘밤만 두어둘 사
사립에 개 짖는 족족 젠들 짐작 못하리.

雨裝 없이 나선 길에

雨裝 없이 나선 길에
비바람 치지 마라

맞는 나두곤
앉아 보기 또 다르니

가뜩이 날 보내신 님
맘 상할가 저어라.

曙海야 芬麗야

분려의 訃電을 받으니 먼저 간 署海가 더 생각힌다.

曙海야

무릎 우에 너를 눕히고
피 식는 걸 굽어 볼 때

그때 나는
마지막으로 무엇을 원했던고

부디나
누이와 바꾸어 죽어다오
가다오.

누이가 죽어지고
曙海 네가 살았으면

주검은 설어워도
삶은 쉽지 안하려든

이 설움 또 저 설움에
어쩔 줄을 몰랐어.

늙으신 어버이와
젊은 안해
어린 아이

이를 두고 가는 죽음이야
너뿐이랴

네 살에 나도 아빠를 잃었다
큰 설움은 아니어.

하고 싶은 이야기를
다 해보지 못한 설움

千古에 남고 말을
뼈 맞히는 恨일지니

한마디
더 했더라면
어떤 얘기였을꼬.

芬麗야

너는
비오던 날
會寧千里를 떠났것다

나는 널 보낼 제
'웃누이나 못되더냐?'

'차라리 죽어가는 길이라면'
하고 울었더니라

간 지

겨우 三年
더 못 붙일 뉘[世上]이더냐

白이놈이 국문이나 붙이어 볼 줄 알아

내 葉書 읽게 될 때까지나
못 기다릴 네더냐.

(白이는 曙海의 큰아들)

亡命兒들

그네는 어디로들 떠돌아
다니는고

이런 港口에나
或 머물러 있잖는가

사람들 모여선 곳이면
끼웃거려 지노나.

黃眞伊

欄干에 기대이어
구름을 바라다가

어른님 내가 되어
紫霞洞 찾아 가니

흰구름
黃眞伊 되어
미나리를 뜯더라.

波蘭兵丁

二次歐州大戰 中 獨軍의 '바르샤바' 陷落을 듣고

스무해前 스무살 때
나만하던
波蘭兵丁

海蔘威 埠頭에서
부러뵈던
그의 얼굴

머리털 쏘꾸친채로
어느 벌에
누었노.

제5부 日吟

元旦

어허 또 새해라니
어이없이 하면서도

이 新聞 저 新聞
뒤적뒤적 뒤지다가

오늘도 다름 없이 거저
해를 지워 버렸다.

××日

자고 나서 보아 해도
잘 일 밖에 다시 없어

자고 도로 자고
자다가 눈떠보면

生時가 꿈인 양 하여
깨는 듯이 도로 자.

一月 十三日

오늘이 열사흗날
설 氣分도 다 가시고

이젠 一年 일이
그저 아득한저이고

窓밖에 새벽 빗소리
더욱 뇌곤 하여라.

復習시키다가

배운 걸 모른다고
툭 질러 나무랬다

눈물 섞인 소리
다시 고쳐 읽는 모양

엇그제 나 하던 양 같아 선웃음을 삼키다.

×月 ×日

소리를 벽력같이
냅다 한번 질러볼까

땅이 꺼지거라 퍼버리고
울어볼까

무어나 부드득 한번
쥐어보면 풀릴까.

×月 ×日

小寒 철이언만 三月보다
더 다수어

신든 버선에
짚새기가 생각힌다.

마루에 고양이 어루만지며
낮잠이나 조를가.

×月 ×日

언눈 밟히는 소리
좋아라고 딛는 듯이

고개를 수구리고
빠스락 빠스스각

들 밖에 다 나와서야
도로 돌쳐 걸었다.

日曜日 밤

눈에 車가 막히면
새벽길 三十里 걷는다고

밤으로 간다는 안해
달래여 잡아 두고

자다가 깨일 때 족족
窓을 열어보았다.

×月 ×日

봉투 접는 機械廣告를
들여다 보고 보고

내 손을 쥐었다 폈다
주물어도 보았거니

한달에 十圓만 생겨도
안해 군이 덜릴라.

눈 아침

간밤엔 바람도 없어
가치 없이 쌓인 눈이

가지가지 꽃이 되어 오막사리가
繁華하이

자리옷 입은 그채로
한참 뜰에 거닐어.

×月 ×日

컴컴한 하늘에서
쏙쏙 빠지는 사비약눈

終日 드러누어
小說이나 읽으련다

오늘은 메주 삶은 덕으로
방이 뜻뜻 하거니

×月 ×日

꽃철에 비바람 치면
봄이 半이나 무지러져

피자 지는 꽃과
다 못피고 지는 꽃들

나 역시 스무살 적부터 낯에 주름 잡혔어.

×月 ×日 晴

볕을 지고 앉아
新聞을 보노라니

'雲아!'
부르는 소리 건넌山 마루에서

하이얀 두루마기 자락이 가벼웁게
날린다.

故鄕 하늘

등에 비친 햇볕
다사도 한저이고

고향 하늘은
바라지도 못하느니

오늘은
어이런 구름이
떠 흐르고 있는지.

寒夜

한번 눕혀노면
옆에 사람 어려워라

돌아도 잘못 눕고
자다 보면
그저 그밤!

파랗게
유리窓에 친서리
반짝이고 있고나.

가을비

어머니 생각

뜰에 芭蕉 있어 빗소리도 굵으리다
내가 이리 그리울 제 어버이야 좀하시리
어머니 어머니 머리 내가 세게 하다니

안해에게

새로 바른 窓을 닫고 수수들을 까는 저녁
요 빗소리를 鐵窓에서 또 듣나니
언제나 등잔불 돋우면서 이런 이약 할까요.

딸에게

올 날을 이르라니 날짜나 어디 있니
너도 많이 컸으리라 날랑은 생각 말고
송편에 돔부랑 두어 할머니께 드려라.

女書를 받고

너도 밤마다
꿈에
나를 본다 하니

오고
가는 길에
만날 법도 하건마는

둘이 다 바쁜 마음에
서로 몰라 보는가

바람아 부지 마라
눈보라 치지 마라

어여쁜 우리 딸의
어리고 연한 꿈이

날 찾아

이 밤을 타고 二百里를
온단다.

面會

읽고 자고
읽고 자고
出接만 여겼더니

몰라보는 어린 자식
돌아서며 우는 안해

이 몸이 갇힌 몸임을 새삼스리 느꼈다.

어머니 얼굴

주름진 어머니 얼굴
매보다 아픈 생각

밤도
낮도 길고
하고도 하한 날에

그래도 이 생각 아니면
어이 보냈을 거나.

덥고 긴 날

찌는 듯 무더운 날이
길기도 무던 길다

고냥 앉은 채로
으긋이 배겨 보자

끝내는 제가 못 견디어
그만 지고 마누나.

나올 제 바라봐도

구름은 월출산에
끊이락
또 이으락

그저 한양으로
나올 제 바라봐도

호수는 오르랑 내리랑
榮山江口로구나.

제6부 柚子(『青雲時調集』 미수록 작품)

法聖浦 十二景

仙津歸帆

山으로 오르는돛 山에서 나리는돛
오는돛이 가는돛가 가는돛이 오는돛가
沙工아 山影이 잠겼느냐 桃花떴나 보아라.

玉女朝雲

하늘은 물빛이오 물빛은 하늘인데
玉女峰 어제밤은 어느神仙 쉬여갔나
허리에 아침구름만 불그레히 웃더라.

西山落照

海光이 늘실늘실 하늘에 닿았는데
먼 곳은 金빛이오 가까운곳 桃花로다
落霞에 갈매기 펄펄 어갸뒤야…….

九岫晴嵐

暎湖亭 간밤비는 봄을 얼마나 늙혔으며
九岫에 갠 안개는 몇번이나 푸르렀나
길손이 술잔을 들고 옛일그려…….

仙庵暮鍾

山은 漸漸 멀어가고 바다는 높아진다
낚시걷어 돌아오니 鍾소리 어느절고
紫雲이 잦아졌으니 仙庵인가 하노라.

鷹岩漁笛

매바위 絶壁아래 고기잡이 젓대소리
한소리 또한소리에 山峽이 깊고깊다
물새는 나래를 치며 배ㅅ전에와 노더라.

東嶺秋月

霽月亭 맑은물에 笙歌를 아릐울제
東嶺에 달아솟아 고기가 뛰노매라.
沙工도 사양마러라 밤새도록 마시자.

後山丹楓

봄에는 軟綠香氣 여름엔 草綠그늘
단서리 하로밤에 물밑까지 붉었어라
西風에 배부른 白帆도 醉한 듯이 가더라.

鼎島落雁

기나긴 서리밤을 울어새운 저기럭아
鼎島의 여윈갈이 그다지 그립던가
西湖의 지새는 빛을 내못잊어 하노라.

侍郎暮烟

山밑인가 물밑인가 白鷗난다 아득한 곳
漁村 두세집에 草綠에 잠겼는데
淸烟이 斜陽을 띄고 길게길게 흐르더라.

馬村樵歌

잔물에 沙工아희 半空에 종지리새
개건너 山비탈에 樵童의 노래소리
굴까는 큰아기들도 홍글홍글 하더라

七山漁火

별들이 귀양왔나 봄따라 나려왔나
고기불 一千里가 바다밖에 떠있는데
어갸차 노젓는 소리 밤빛푸려 지더라.

漢江小景

漢江 아침물은 어린 듯 자노매라
바위에 지어서서 옛일을 그리자니
바람이 얼굴을 스치며 부즈럽다 하더라

江岸에 버들숲은 잠을 아즉 덜깼는지
맑은 바람에 香氣만 피우노나
이슬이 하고흔지라 춤 못추어 하노라

물은 파란빛이, 언덕은 草綠빛이
그 건너 모래ㅅ벌은 안개와 한빛인데
그속에 검붉은 무지개는 鐵橋라 하더라

烟靄 萬丈이 하늘에 닿았는데
뎅뎅 우는 鍾은 어디ㅅ메로 흘러오노
열린게 江물뿐이니 水宮엔 듯 하여라

큰 點은 나무ㅅ배요 벼실은 배 작은 點이
흐르느냐 떠있느냐 오다가 조으느냐

삼개워 아침을 기다려 느릿느릿 젓노라

매놓은 놀잇배엔 새들이 와 지저귀네
제등에 제가 실려 쓸쓸도 한저이고
바람에 떠밀린 배쪼각이 님자 그려하는 듯 하여라

물이 흘러가매 언덕이 있을것이
언덕에 푸른버들 꾀꼬리 오란 것이
내 또한 물따라 새따라 올 수밖에 없어라.

모ㅅ비에 집 생각이 난다

빗소리 잠ㅅ결에 듣고
얼시구나 모ㅅ비로다
아아 豊年일세
잠든 채 무릎쳤네
오느라 자꾸 오려무나
남실남실

달도 서울달은
애잔하고 애잔하니
비도 서울비는
부즈럽고 귀찮건만
나란 게 農村아희라
기쁠밖에

어제ㅅ날이 쨍쨍했으니
보리ㅅ대를 널엇드리
누나는 들여차도
어머니 뒷치울제

那那는 마로끝에서
비야비야 노래하리

감자울 마쳐놓고
올라가라 하시든걸
부랴부랴 떠나옴에
인사말도 못했었네
내말이 비개인 뒷밭에
꽃이 필까
주르르 쏟는 비가
얼마마니 고였을고
언덕밑 장고배민
이만해도 족하련만
옷논은 건다랭이라
좀나쁠지 어떨지.

今日

저도 오늘 새도 오늘
三百六十이 오늘오늘
三十餘年에 오늘밖에 없었건만
철없이 來日을 기다려
저 아 보냈노라
그럼성 하로가고
저럼성 하로가네
오늘 내일을
그럭저럭 보내노니
남은 건 그럭저럭한
어제뿐이…….
오늘을 보내보고
또 오늘을 보내봐도
오늘이 오늘이요
또 오늘 오늘이네
아마도 오늘 오늘이
百年인가 하노라
오늘이 百年이요

백년이 그 오늘이
홍망성쇠가
저마다 오늘에서
사람도 사바세계가
오늘인가 하노라.

暎湖清調

저물자 물이미니 갈매기도 따라든다
暎湖에 달이밝고 月浪臺 물은잔데
바람은 가을을먹음어 살랑살랑 부더라

連峰이 거듭거듭 西面으로 둘러있어
물낯과 빈하늘만 우아래로 열렸는데
그中에 無心한 구름은 혼자 배회하는구나

달실고 벗을실어 湖心에 띄워노니
노래가 절로맑어 밤빛이 푸르른다
갈마귀 뒤를따라 내마음은 어데가노

山月은 물에 잠겨 두렷이 흐르는데
맑은 바람은 漣波를 이르키며
배ㅅ몸을 실근실근밀어 달을 따라보내더라

달이 배를 따르다가 배가 달을 따르다가
배ㅅ머리 빙긋돌제 물결이 櫓에 부드치면

아뿔사 조각조각부서져 뱃전으로 돌더라

풍덩실 뛰어들어 이달을 건져내랴
훨훨 날아가서 저달을 안아오랴
머리를 들었다숙였다 어쩔줄을 몰라라

江煙은 으리으리 銀波는 萬頃인데
아득한 구름밖에 가을이 萬里로다
小舟에 실리인 몸은 의지없어 하노라

배를 실은 가을바다 배에 실린 가을달빛
上下 萬里에 秋心을 못이기어
외로운 나그네는 눈물겨워하노라

후유 긴한숨에 이몸이 가이없다
돛대를 부여안ㅅ고 눈물어린 눈을드니
山容이 아스라하야 꿈이런 듯 하여라

아서라 이훌랑은 霽月亭 가을물에
행여나 배띄우리 달도달 이언마는
蘆州에 벌레울음을 나는참아 못들을네

술잔을 달에 비쳐 萬古를 우는 벗님
배ㅅ 전을 떵떵치며 노래를 읊는 동무
사공도 제시름에겨워 어갸뒤차 하더라

峽江을 東南으로 거스르면 仙津이오
구시미 나리밖에 七山이곧 하늘이라
中流에 紫壁이조타커늘 어듸메로 띄워놀ㅅ고

이리대소 저리대소 구태어 이를줄이
사공이 알씸있어 느릿느릿 흘리저어
鼎島를 감돌고휘돌아 鷹岩으로 대더라

벌이줄 잡어매고 기슭으로 올라가니
풀에 매진이슬 방울방울 달꽃이라

이슬이 보선에 젖으니 달신은 듯 하더라

매바위 등성이에 지어서서 굽어보니
山은 나직히 졸고 물은 넘실 빛나는데
어데서 물새가 울어 밤은더욱 깊어

殘月이 山머리에 자남짓이 걸렸을제
물은 기와녈에 잠겼다 도로썬다
鷹岩에 쉬었든배는 물때맞춰 나리더라

노래술 다-파하자 이르르니 想思바위
風月은 四更인데 삐그적 櫓소리에
山谷도 누구를그려 깊숙히도 울더라

櫓도 젓지마라 고기가 뛰는고나
제대로 미뤄두니 이슬은 옷에젖고
沿岸에 벌레소리만 배어실려 흐른다

여보서 사공아희 절밑으로 배를대소
나는예서 나릴테니 고은벗만 보내다오
가다가 서운하거든 남은술을 따라보게

고은벗 배어실어 노래불려 띄워보내니
노래와 그림자는 가물가물 사라지고
발아래 철프적철석 물소리만 나더라

님보내자 달이지네 남은밤을 어데샐ㅅ고
풀에무친 험한돌길 더듬어 올라가니
仙庵은 千尺奇岩을지고 잠이곤히들었더라

(乙丑七月望間)

◇ 暎湖는 法聖浦 앞바다의 이름이니 西面에 山이 둘러 있어
湖水와 같은지라 흔히 글에는 暎湖라는 雅號를 쓴다.

◇ ·은 地名이다. 그 中에 七山은 山이름이 아니오 바다의 이름이니 有名한 靈光굴비를 産하는 七山바다다.

◇ 그 글은 平時調로서 長篇을 시험한 것이다.
옹색한 점을 많이 發見하였다.

◇ 어떤 句는 初章 中章의 區別을 세지 않고 終章만을 붙여도 보았다
이것도 첫 시험이다.

秋蚓會咏草

思鄕

모레가 하가워라 떠난 지 몇해런고
어머니 그리움에 찬달이 밝히는데
두견이 목메는소리에 山은다시 깊더라.

울음

벌레가 우는고야 두견이도 우는고야
禪雲寺 가을달이 나마저 울리누나
밤禮佛 木鐸소리도 애녹는 듯 하더라.

아이고 아이고

九曲에 맺힌恨이 한숨엔들 잊히랴만
넘어져 타는촛불 마즈막 꺼지시니
서럽이 새롭고깊어 애고애고 하노라

두어줄 이눈물을 뿌릴곳이 그어데며
어데를 우러러 한숨인들 지을것가
千萬이 서로보랐고 목이메어 하노라

울은들 시원하며 부르지진들 뭐하리만
노래가 끝절이요 또없을 서름이라
옷깃에 저진 흔적을 못감초아하노라.

노고지리

비오고 먼하늘을 우지짖는 노고질아
너는 게서울고 예서는 내가울어
春光이 上下 몇 萬里던 울어 울어

떴다 네보아라 千길萬길 아득하고나
天氣에 나리느냐 地氣에 오르느냐
내맘도 노고질일세 千길萬길.

뉘를 찾아

지긔 뉘 있더냐 누가 너를 반기더냐
이마에 손을 언ㅅ고 님이 너를 기달더냐
三冬에 베적삼 입고 뉘를찾아 가는다

님이 거기 안 계신 줄 번연히 내가 알고
날 그릴 님이 또한 내게는 없건마는
어리고 철없는 탓인가 아니 가들 못할레.

하고 싶은 말

너도 나를 對해 할 말을 다 못하누나
내 또한 너를 對해 할 말을 다 못하나니
언제나 할 말을 다하고 너 나 없이 살으리

네 눈을 내가 보고 내 눈을 네 보것만
萬里 長城이 가루누어 긋단 말가
어즈버 맘에 쌓인 城을 뉘를 시켜 헐을고.

(丙寅早春)

思鄕

이제 또 한 가을
제비 훨훨 날아가고
기럭이는 돌아오는데
내 故鄕은 그 어덴고
하늘을 바라다 보니
맘만 깊어 지노나

나그네 아닌 몸이
鄕愁가 어인 일고
萬頃滄波上에
목마른 沙工일레
千里에 한 보금자리가
날 기달ㅅ고 있으리

千里면 어떠하리
萬里면 어떠하리
잔나비도 저어하는
險谷인들 어떠하리

가다가 다 못갈 길이란들
아니가고 견디리.

(丙寅秋 故鄕에서)

未忘

동지ㅅ달 기나긴 밤을 뜬눈으로 곧 새울적에
장다리 꽃이나 피면 저키나흐리 하였더니
봄밤도 밤이냥하여 이리 새일줄을 모르네.

내뉘를 그리워선고 뉘를 못잊어 이리는고
千里에 그리운님도 곁에 원수도 내겐없어
밤이면 안잊힌이없음을 내안잊혀 그러네

오거나 못오시거나 오마는님은 기달끼와
오실리 萬無한 님을 행여기다려 보기두군
이름도 그림도없는 님을 못잊으니 어일꼬?

苦待

오마는 글을 받은 후 열흘이 지나고 또 열흘이 지나도록 기척이 없는 C君에게 사흘 걸러 한수씩 보낸 것.

오느냐 마느냐 소식조차 이리없냐
너로하야 담근김치 맛도시고 빛변했다
오만때 아니오고는 시니다니 하렸다

올테면 오려무나 말테면 말려무나
漢陽城 一千里가 멀대야 하로길을
차라리 내가고마지 기다리듯 못하리

오마하고 아니온죄에 벌마련을 하라하면
가네 곧가네하고 사흘밤만 두어둘사
사립에 개짖는 족족 전들 짐작 못하리

* 『조운시조집』에는 「停雲靄靄」이란 제목으로 실려 있음

해

어마한 그얼굴에
감히 고개 들으리까
부시는 그빛살에
눈도 뜨지 못하리다
말씀도 없으시오니
더욱 두렵사외다

바로 보도 못하올님
어쩌자고 그렸던고
수줍아 이리함을
왜다고야 하시오리
돌앉아 머리숙인채
잔등이만 댑니다
님은 옛이시되
빛은 매양 새론지고
다-낡은 大地언만
呼吸이 香氣롤사
그품에 태어난 마음

후둑후둑합니다.

(二七 · 正初)

봄비

밤새도록 오는비가 개고나니 새소리를
따에는 기름돌고 가지가지 윤이난다
이제는 제때로구나 호미메고 나서자

長安에 비가오니 萬戶가 봄이로다
노돌에 새물나고 淸涼里 버들피면
꾀꼬리 저도나올테지 함께노래 하리라.

예! 이사람

서울이 예서八百里 머나먼 길이엇만
오자면 하로ㅅ길 길이먼게 아니드고
無心이 千里요萬里 모르는체 지내데

너는 나사는곧 七十里밖을 지냇드구나
구타여 날보자고 들려가든 못하야도
지낸다 葉書나 날리지 내가가서 볼 것을

나와 나사는곧 총총하야 잊었든가
예기 無心할손 차마그럴 노릇인가
이사람! 너나되어 그려봐라 너도짐작 있을라

(『東亞日報』 1931. 6. 13字)

머므른 꽃

비맞인 꽃봉오리 입술이 빨갛고나
이바람에 네가다시 흗날릴 줄 모르고서
한때올 번화로운꿈만 철이없이 꾸느니

소리만 버럭질러도 활짝벌어질 듯하이
열흘이 다못되어 툭툭흗어 지잔느냐
석양에 네곁을 거닐며 조심조심 딛노라.

달도 노엽다

달아! 달도 노엽다 매양이리 밝도드냐
앓아누은 窓머리에 어이하잔 심술이냐
千萬年 참은 비바람 나를 미워서드냐.

春夜不短

기나 긴 三冬밤을
뜬 눈으로 새었거늘
봄밤이 기–다하면
제 얼마나 길랴마는

짧은 밤
길게 새자니
안타까워 더욱이

봄밤을 짧다하리
千里를 머–다하리
밤이 길고 짧은 것과
길이 멀고 가까운 게
이 모도 내 시름탓이라
뉘를 외다 하리오

完山七咏

梧木臺에서

앞殿 뒷殿 肇慶壇과
梧木臺에 駐蹕碑閣
예가 龍興之地를 무척 애써 나타냈다
흙 더미 甄萱城너도
富年일을 일르렴.

完山 : 全州古蹟
앞殿 : 慶基殿
뒷殿 : 肇慶廟

豊南樓*

五十三官 號令하던
湖南第一城이었다
城堞은 다 떨리고

빗장헌채 우뚝서서
인경만 무슨 새수로
제철인양 울리노
밤에 한번
낮에 한번
데잉데잉 우는 인경
옛날 그 소리었만
듣는 이는 예와 달라
豊年은 해마다 들어도 豊年인 줄 모르네.

* 豊南樓 : 全州南門樓 樓上에 매어단 인경을 쳐야 豊年이 든다해서 근자에 다시 치기 비롯했다 한다.

楸川*

萬馬關 나리는 물이
바리山**을 에둘러서

寒碧堂 石壁아래 구비쳐 머물었다
黃鶴臺
多佳亭을 시쳐
萬項으로 가더라.

* 楸川 : 全州앞 내
** 바리山 : 鉢山

寒碧堂

百尺 奇岩우에
날을 듯이 앉어 있어
萬戶 喧譁聲은
들은 체도 아니 하고
물에진 제 그림자
제가 굽어 보노나
欄干에 기대어
完山七峯 바래다가

쥐었든 太極扇을
무심코 놔버렸다
四十里 長谷을 달려온 바람탓만 아니어.

無題

威鳳山 威風寺는
眞默大師가 其人이요,
南固山城은
萬景臺가 볕이었다.
德眞못
醉香*
不老만
새 재미를 보든고.

* 醉香, 不老는 亭子이름

名節안날

무단히
픽 나갔다
휘휘 돌아 들와서는,
걸터 앉은 채
新聞을 들고 보노라니,

딸년이

거꾸로 본다고
손벽치며 웃네나!

대초를 사자거니
고무신을 사자거니
떼쓰며
졸르는애를
달래다가 메부치고,

지어서

위엄을 부리는
어머니의 눈시울!

雪窓

두부장사 외이는 소리
골목으로 잦아지자
빨건 窓볕이
금시에 그믈어져
쬐이든 火爐를 뒤지니
불은 벌서 꺼졌네.

獨坐

빈방만 여기고서 함부로 지껄이든
처마에 새 두 마리 기침에 달아난다
열없이 나려지는 티끌만 물끄러미 보노라.

金萬頃 들

들이 바다도곤 넓어
눈이 모자라 못보겠다

이게 우리거지!
꿈 같은 일이로다

東津水 九百 굽이쳐
흰젖처럼 흐르고

황혼은 밀려오잖아
땅에서 솟나부다

온 들에 저녁 연기
연기속에 들불 일다

南洋서 北支에서들
다들 돌아왔는지.

古阜 斗星山

斗星山 이언마는 녹두집이 그 어덴고
뒤염진 늙은이 대답은 하지 않고
고개를 배트소롬하고 묻는 나만 보누나

솔잎 대잎 푸릇푸릇 봄철만 여기고서
일나서 敗했다고 설거운 노라마라
오늘은 백만농군이 죄다 奉準이로다.

柚子

柚子는 향기롭다 祖國처럼 향기롭다
이울줄 모르는 잎에안게 자랐노니
가시城 六百里두리 漢拏山을 지킨다

물을 건너오면 탱자된다 하거니와
물을 건너가면 탱자도 柚子된지
밤마다 漢拏山봉우리 별이 불른다노나

(四八・六・一七)

해설

'千尺絶崕'를 구르는 물이 되어

—시조 시인 조운의 작품 세계—

장 경 렬

서울대 교수

1

어떤 한국 현대 문학사를 들쳐보아도 시조 시인 조운(曺雲)에 대한 기록은 지극히 간결하다. 가람 이병기 등과 함께 시조 부흥 운동에 참여했다는 사실 이외에 별다른 정보를 얻기 어려운 것이 그간의 현실이었던 것이다. 지난 1988년 월북 문인 해금 조치 이후에도 사정은 크게 변하지 않았으니, 그가 1900년 7월 22일 영광군 영광읍 도동리에서 태어났다는 사실, 1922년 추인회(秋蚓會)라는 동호회를 창립하고 영광 중학교에서 교사로 지내며 작품 활동을 했다는 사실, 항일 운동으로 옥고를 치르기도 했다는 사실, 1949년 가족과 함께 월북했다는 사실만이 단편적으로 언급될 뿐이었다고 해도 지나친 말이 아니다. 물론 지난 1990년 도서출판 남풍에서 『조운 문학 전집』이 출간되었고, 그의 탄생 100주년이 되는 올해 그의 작품 세계에 대해 활발한 조명과 평가 작업이 이루어지고 있는 것도 사실이지만, 그가 남긴 작품의 대부분은 여전히 우리에게 미답(未踏)의 세계로 남아 있다.

2

어떤 의미에서 보면, 미답의 세계라는 점이 그의 작품 세계에 대한 호기심을 일깨우는 것도 사실이고, 호기심이 놀라움으로 바뀌는 경험을 하도록 우리를 유도하는 것도 사실이다. 놀라움은 물론 그의 시 세계가 보여 주는 시적 이미지의 생생함과 언어의 참신성에서 기인하는 것이다. 이를 확인케 하는 대표적인 예 가운데 하나가 「石榴」일 것이다.

투박한 나의 얼굴
두툴한 나의 입술

알알이 붉은 뜻을
내가 어이 이르리까

보소라 임아 보소라
빠개 젖힌
이 가슴.

—「石榴」 전문

이 시는 먼저 제목의 압력에 의해 석류 열매의 모습에 대한 객관적인 묘사로 읽힐 수도 있다. 우툴두툴하고 투박한 모습의 석류 열매가 익어 빨간 속을 드러낸 채 벌어진 모습을 시인은 석류의 입장에서 의인화를 통해 생생하게 묘사하고 있다고 볼 수 있기 때문이다. 사실 묘사의 생생함만으로도 이 시는 예사 작품이 아니다. 그러나 묘사의 생생함만이 이 시를 통해 시인이 이룩한 시적 성취의 전부는 아니다. 이와 관련하여 이 시에서는 미묘한 전이(轉移)가 일어나고 있음에 주목해야 할 것이다. 즉, 중장 부분에 이르러 석류의 이미지는 시적 화자의 이미지로 전이되고 있고, 시적 화자의 이미지는 석류의 이미지에 의해 더욱 더 강화되고 있는 것이다. 다시 말해, "알알이 붉은 뜻을/ 내가 어이 이르리까"라는 언사는 석류를 묘사하기 위한 것일 수도 있지만, 석류를 매개로 하여 시적 화자가 자신의 마음을 투사하기 위한 것일 수도 있다. 그와 같은 투사가 아니라면, 석류가 무언가 뜻을 갖고 있어 이를 전하려 한다는 언사 자체가 존 러스킨(John Ruskin)이 말하는 일종의 "감정의 오류"(pathetic fallacy)에 해당하는 것일 수 있다. 일단 중장을 이처럼 시인의 감정 이입으로 읽고 나면, 거슬러 올라가 초장에 대해서도 유사한 읽기를 시도할 수 있다. 즉, 입술을 벌리고 있는 듯 벌어진 석류에서 자신의 이미지를 겹쳐 파악하는 시적 화자와 만나게 된다. 또한 중장에서 따라 내려가 읽는 경우 종장에서도 역시 절절하게 자신의 마음을 토로하는 시적 화자의 모습을 읽을 수 있게 된다.

요컨대, 이 시에서 시인은 대상 사물에 시적 화자의 마음을 투사함으로써 이중적 읽기를 가능케 한다. 즉, 이 시는 지극히 현세적인 인간의 갈망과 안타까움을 석류에 빗대어 드러내고 있음에 주목할 수 있는데, 시적 화자의 시선과 언어가 초월적 세계가 아닌 현실적 삶을 향하고 있다는 해석은 이 때문에 가능케 된다. 바로 이 점에서 이 시에서 읽히는 또 하나의 의미는 상징적(象徵的)인 것이 아니라 우의적(寓意的)인 것이라고 할 수 있다. 우리가 이 시를 시조의 전형 가운데 하나일 수 있다고 판단하는 이유는 여기에 있다. 시조를 시조답게 만드는 핵심적 요소 가운데 하나가 바로 우의 아닌가. (이와 관련해서는 졸저 『미로에서 길찾기』[문학과지성사, 1997]에 수록된 「시간성의 시학」을 참조하기 바란다.) 아울러, 이 시는 되풀이되는 "보소라"와 같은 탄원의 표현이나 "빠게 젓힌"과 같은 격한 표현에도 불구하고 단순히 감정을 격하게 토로하는 시로 읽히지는 않는다는 점에도 유의할 수 있을 것이다. 오히려, 시조 형식이라는 통제 장치가 시적 화자의 절절한 마음을 억누름에도 불구하고, 아슬아슬하게 삐져 나온 감정의 한 자락을 담고 있는 시로 읽히거니와, 바로 이 점에서도 이 시는 시조의 전형, 아니 탁월한 시조 작품 가운데 하나로 대접받을 만하다.

3

「野菊」「부엉이」「芭蕉」「菜松花」「古梅」 등등 조운이 주변의 동식물을 대상으로 쓴 시들 대부분이 이런 식의 이중적 읽기를 가능케 한다. 그러나 이중적 읽기를 통해 확인할 수 있는 우의적 의미 가운데 그 어느 것보다도 더 미묘하고 예리한 우의적 의미를 확인하게 하는 시가 있다면 이는 아마도 「앵무」일 것이다.

앵무는 말을 잘해
갖은 귀염 다 받아도

저물어 뭇새들이
깃 찾아 돌아갈 젠

잊었던 제 말을
이깨우며
새뜨리고 있니라.

—「앵무」 전문

물론 「앵무」는 「石榴」와 같이 생생한 시적 이미지를 살리고 있는 시라고 할 수는 없을 것이다. 그러나 이 시는 「石榴」의 것보다 한결 더 강렬한 시적 메시지를 전혀 강렬하지 않은 어조로 전하고 있다는 판단을 가능케 하는데, 무엇보다도 이 시에서 앵무새가 "말을 잘"하기에 "갖은 귀염 다 받"는다는 진술로 시작하고 있음에 유의하기 바란다. "갖은 귀염"을 다 받다니? 이 말에는 일종의 역설이 담겨 있는 것이 아닐까. 우리는 보통 누군가의 말을 의미도 없이 그대로 따라하는 사람을 앵무새에 비유하곤 하는데, 이러한 비유의 뒤편에는 물론 경멸이 담겨 있다. 이런 의미에서 볼 때, 인간의 말을 잘 흉내내기에 앵무새가 "갖은 귀염"을 받는다고 할 때의 "갖은 귀염"은 결코 긍정적 의미만을 담고 있는 것은 아니리라. 어쨌든 그 뒤에 이어지는 시적 진술 역시 예사롭지 않은데, 앵무새는 "저물어 뭇새들이/ 깃 찾아 돌아갈 젠// 잊었던 제 말을/ 이깨우며/ 새뜨"린다는 것이다. 물론 실제의 앵무새가 잊었던 제 말을 일깨우지는 않는다. 이는 다만 시인 또는 시적 화자의 주관적 시선을 통해 제시된 앵무새의 모습일 뿐이다. 다시 말해, 앵무새는 인간이라고 하는 전혀 다른 종(種)이 내는 소리를 흉내내고 그 때문에 인간의 귀여움을 받지만, 날이 저물어 홀로 남게 된 앵무새의 모습이 마치 "잊었던 제 말"을 일깨우고 있는 것처럼 시인 또는 시적 화자의 시선에 비쳤던 것일 뿐이리라. 물론 앵무새가 정말 "잊었던 제 말"을 일깨우고 있다고 시인이 믿었던 것은 아닐 것이다. 그러나 그렇게 묘사함으로써 홀로 남아 생각에 잠겨 있는 듯한 앵무새의 모습이 생생하게 살아나고 있지 않은가.

과연 그와 같은 앵무새에 대한 묘사 자체가 시인이 의

도한 전부일까. 여기에서 우리는 앵무새가 받는 "갖은 귀염"이 결코 긍정적 의미의 것일 수만은 없다는 논리로 되돌아갈 수 있는데, 어찌 보면 앵무새는 누군가에 대한 비판을 감추듯 드러내고 드러내듯 감추기 위한 매개물이라는 추정도 가능할 수 있다. 이와 관련하여 우리는 시인 조운의 시 세계에서 쉽게 확인할 수 있듯이 그가 누구보다도 "말"에 예민한 사람이었다는 점과 함께, 그가 살던 시대가 일제 치하였다는 사실, 그리고 그는 항일 운동으로 옥고를 치르기도 했다는 사실을 떠올릴 수 있다. 여기에다가 일제가 식민 지배 과정에 우리말을 말살하려는 정책을 폈다는 사실도 떠올릴 수 있을 것이다. 이 모든 사실을 "말"을 잘 흉내내는 앵무새와 연관짓는 경우, 우리는 하나의 새로운 우의적 의미를 이 시에서 읽어낼 수 있다. 필경 일제의 한국어 말살 정책에 분노를 느꼈을 시인 조운의 눈에는 일제의 정책에 순응하여 자기의 말을 포기하고 식민 지배자의 말을 너무도 그럴듯하게 흉내내는 사람들이 앵무새로 비쳤을지도 모른다. 물론 일제가 한국어 말살 정책을 펴기 전에도 자발적으로 일본어에 빠져드는 사람들도 있었고, 말뿐만 아니라 문화와 생활 관습의 면에서도 천연덕스럽게 일본인의 흉내를 내는 사람들도 있었을 것이다. 그들이 또한 시인의 눈에는 앵무새로 보였을지 모른다. 시인은 이 앵무새와 같은 사람들을 시조라는 형식을 빌어 우회적으로 비판하고 있는 것이 아닐까. 이렇게 볼 때, "잊었던 제 말을/ 이깨우며/ 새뜨리"는 인간을 언뜻언뜻 엄습하는 자기 회한의 감정을 암시하기 위한 매개물이 조운의 앵무새일 수 있다. 현실에 대한 우회적 비판을 수행하고자 할 때 동원되는 수사적 장치가 바로 우의인데, 바로 이 수사적 장치를 효과적으로 사용하는 문학 장르가 다름 아닌 시조임을 「앵무」는 어느 예보다 선명하게 보여주고 있는 것이 아닐까.

물론 이러한 해석은 위의 작품이 일제 시대에 씌어진 것이라는 전제 아래 내려질 수 있는 것이다. 그러나 1947년 5월에 발행된 『조운 시조 시집』 안에 수록된 위의 작품은 구체적으로 어느 시기에 씌어진 것인지 확인할 길이 없다. 앞서 언급한 『조운 문학 전집』 안에는 조운 작품 연보가 있긴 하나, 여기에도 「앵무」의 창작 연대나 발표 연대는 나와 있지 않다. 이로 인해 이 시가 해방 이후에 씌어진 것이라는 추정도 가능하다. 그렇다면 우리의 해석은 전적으로 무의미한 것이 될까. 아마도 해방 이후 불어닥친 또 다른 의미의 외세의 바람을 감안한다면, 위의 해석은 여전히 그 의미를 가질 수 있지 않을까. 따지고 보면, 조운의 시에서 확인할 수 있는 우의는 비단 조운의 시대에만 해당하는 것은 아니리라. 어쩌면 국제화라는 명분 아래 영어를 공용어화하자는 투의 발상을 통해 자발적인 언어적 식민지화를 꿈꾸는 사람들이 존재하는 우리 시대에도 해당하는 것일 수도 있다. 우의는 이처럼 특정한 시대와

특정한 인간의 삶을 대상으로 하지만 인간의 삶이 전개되는 곳에서는 언제든 동일한 무게와 의미로 되살아날 수 있는 것이다. 시조가 자유시에 눌려 한물간 장르로 치부되지 않기 위해서는 상징을 놓고 자유시와 겨루기보다는 바로 이와 같은 종류의 우의를 되살려야 한다. 조운의 몇몇 시조 작품들이 우리에게 소중하고, 나아가서 시조 시인들이 소중하게 여겨야 하는 이유는 여기에 있다.

4

조운의 시 세계에서는 「石潭新吟」「法聖浦 十二景」「暎湖淸調」와 같이 자연을 관조하는 내용을 담은 작품들도 눈에 띄는데, 이들은 물론 이율곡의 「高山九曲歌」, 윤선도의 「五友歌」나 「漁父四時詞」 등에서 확인되는 조선조 사대부들의 시작 태도를 연상케 한다. 그렇다고 해서, 조운이 조선조 사대부들의 시작 태도를 그대로 답습하였다는 말은 아니다. 그는 옛 시조의 정조가 느껴지는 작품에서조차 새로운 형식상의 실험을 시도하고 있거니와, 이로 인해 그는 옛 시조와 현대 시조의 경계를 넘나드는 시인이 되고 있는 것이다. 이 점을 우리는 그가 시조 부흥 운동에 참여했던 시인이라는 사실과도 관련지어 설명할 수 있는데, 그는 물론 소재나 주제의 면에서 변화를 통해 시조의 현대화에 힘쓰기도 했지만 이들 시작 가운데에서 확인되듯이 형식상의 변화를 통해서도 시조의 현대화를 꾀

했던 것이다. 이와 관련하여 우리는 다음 인용에 주목할 수 있을 것이다.

> 후유 긴한숨에 이몸이 가이없다
> 돛대를 부여안ㅅ고 눈물어린 눈을드니
> 山容이 아스라하야 꿈이련 듯 하여라
>
> 아서라 이훌랑은 霽月亭 가을물에
> 행여나 배띄우리 달도달 이언마는
> 蘆洲에 벌레울음을 나는참아 못들을네

—「暎湖清調」 부분

아마도 위의 인용에서 가장 두드러지게 눈에 띄는 특징은 시조의 현대화와는 무관한 것이라고 말하는 사람도 있을 것이다. 즉, 띄어쓰기와 관계없이 단어들을 묶어놓았거나 풀어놓았다는 사실이 가장 두드러진 특징이라고 말하는 사람도 있을 것이다. 띄어쓰기와 관련된 이와 같은 외형상의 특징은 물론 음수율과 관련된 것으로, 오늘날까지도 시조는 바로 이런 형태로 창작되어야 한다고 주장하는 시조 시인이 있다. 그러나 조운이 시작을 하던 당시와 달리 띄어쓰기 법칙이 확립되어 있는 오늘날에도 이런 식으로 외형적 형태를 고수해야 한다는 주장은 다소 시대착오적으로 들린다. 시대착오적일 뿐만 아니라 소박한 단순 논리라는 비판도 받을 수 있는데, 그와 같은 주장은 외형적 형식만 지키면 아무 것이나 다 시조가 될 수 있다는 투의 논리를 부지불식간에 인정하는 셈이 될 수도 있기에 때문이다.

중요한 것은 띄어쓰기의 문제가 아닐 것이다. 이와 관련하여 「暎湖淸調」는 모두 21수의 평시조로 이루어진 작품이라는 점에 주목할 필요가 있다. 물론 앞서 언급한 이율곡의 「高山九曲歌」, 윤선도의 「五友歌」나 「漁父四時詞」도 여러 개의 평시조를 모아 놓은 것이다. 그러나 "고산구곡가" 등의 명칭은 각각의 평시조들을 느슨하게 묶어 놓기 위한 것일 뿐이다. 말하자면, "고산구곡가" 등의 명칭 아래 놓이는 작품들은 따로 떼어놓더라도 문제가 없는 독립된 시가들이다. 반면 조운의 「暎湖淸調」를 이루는 평시조들은 독립된 시가들의 느슨한 집합이 아니라 유기적으로 연결된 전체의 일부들이다. 조운이 이 작품을 놓고 "平時調로 長篇을 시험한 것"이라고 했을 때 그가 말하고자 한 것은 바로 이 점일 것이다. 요컨대, 그는 하나의 시상(詩想)을 한 수의 독립된 단형 시조 안에 담던 관례를 깨뜨리는 "시험"을 했던 것이다. 조운의 이 같은 "시험"은 결코 소홀히 여길 성질의 것이 아닌데, 오늘날 이른바 <연시조>라고 일컬어지는 시조 형식을 "시험"하고 있었던 셈이기 때문이다. 여기에서 우리는 잠깐 오늘날 이른바 <연시조>의 형태로 창작된 작품들이 시조 시단의 주류를 이루고 있다는 사실에도 주목할 수 있을 것이다. 이는 현대의 삶이 과거의 삶보다 한결 더 이해하기 어려운 것이기 때문일까. 아니면, 오늘날의 시조 시인들의 시상이 단형 시조 안에 담기에는 너무도 복잡하고 큰 것이기 때문일까. 그 이유가 어디에 있든, 이른바 오늘날의 <연시조>는 조운 등이 주도한 시조 부흥 운동과 맥을 같이 한다는 점에서도 조운의 "시험"은 주목의 대상이 되지 않을 수 없다.

조운의 "시험"과 관련하여 또 하나 주목해야 할 점은 시조를 구성하는 문장 형식과 관련된 것이다. 이를 보여주는 것이 바로 위의 인용 부분인데, 「暎湖清調」의 아홉 번째 수와 열 번째 수를 비교해 보기 바란다. 아홉 번째 수의 경우 초·중·종장이 모두 독립된 문장 또는 구(句)로 이루어진 반면, 열 번째 수의 경우 초장과 중장의 앞부분이 합쳐져 하나의 문장 단위를 형성하고 있다. 한시(漢詩)의 경우에서처럼 옛 시조의 경우 각각의 행은 나름의 독립된 문장 단위로 이루어져 있다는 점에서 볼 때, 열 번째 수는 일종의 파격을 담고 있는 셈이다. 이 같은 논의와 관련하여 약간의 설명이 요청되는데, 무엇보다도 한시의 경우 각각의 행은 구의 역할을 하든 절의 역할을 하든 또는 완전한 문장의 역할을 하든 예외 없이 하나의 독립된 의미 단위를 형성한다는 점에 유의해야 할 것이다. 말하자면, 각각의 행은 개별적인 문장 단위의 역할을 하기 때문에 다른 행들과 쉽게 분리될 수 있으며, 이로 인해 독립된 의미 단위들이 병치되고 중첩되는 있는 것처럼 보이는 것이 한시이다. 따라서 한시의 경우 종종 논리적인 연결 관계를 결여하고 있는 것처럼 보이기도 하지만, 바로 이 때문에 이미지의 병치와 중첩을 통해 시간적·심리적 동시성이 쉽게 획득되는 것도 사실이다. 옛 시조의 경우 우리말 고유의 연결 어미 때문에 한시처럼 논리적인 연결 관계를 완전히 결여하고 있는 것처럼 보이지는 않지만, 각 행마다 나름의 독립된 의미 단위로 이루어져 있음을 확인할 수 있다. 말하자면 초·중·종장은 단순한 줄 바꿈의 단위가 아니라 의미 단위이기도 한 것이다. "어떤 구는 초장 중장의 구별을 세지 않고 종장만을 붙여도 보았"는데 "이것도 첫 시험"이라는 조운 자신의 설명이 반증하여 주듯이, 조운은 시조의 초·중·종장이 단순한 줄 바꿈의 단위가 아니라 의미 단위를 구성하는 것임을 깊이 인식하고 있었던 것처럼 보인다.

말하자면, 형식상의 "시험"을 통해 조운은 현대 시조로 나가고 있었다고 할 수 있다. 문제는 "시험"의 단계를 지나쳐 오늘날 상당수의 시조 시인들이 이런 종류의 파격을 파격으로조차 의식하지 않는다는 데 있다. 그렇기 때문인지는 몰라도, 문장의 어느 부분에서든 줄만 바꾸면 시조의 장(章)이 되는 양 여기는 시조 시인들이 오늘날 적지 않다. 물론 파격은 용인될 수 있다. 그러나 초·중·종장이 구나 문장으로 나뉘어진다는 점을 전혀 의식하지 않은 채 씌어진 것처럼 보이는 시조 작품들이 요즈음 적지 않다는 사실은 예사로 넘길 일이 아닐 것이다. 오늘날의 정서를 담기에 엄격한 초·중·종장의 분리가 부담이 되는 경우 물론 파격은 인정될 수 있겠지만, 이를 전적으로 무시하는 것은 시조 장르의 정체성 확립에 결코 바람직한 것이 될 수 없다.

5

조운이 현대 시조의 세계를 향해 나가면서도 여전히 옛 시조의 정조를 간직하고 있음은 아마도 앞서 언급한 작품의 제목에 담긴 "新吟"이나 "清調" 등과 같은 한자 성어에서도 확인될 수 있을 것이다. 조운은 심지어 한시의 구절을 빌어 시의 제목으로 삼기도 했는데, 「停雲靄靄」라는 제목의 시가 그 예이다.

> 오느냐 못 오느냐 소식조차 이리 없냐
> 널 위해 담근 김치 맛도 시고 빛 변했다
> 오만 때 아니 오고는 시니 다니 하렸다.
>
> 올테면 오려무나 말테면 말려무나
> 서울 千里가 머대야 하룻길을
> 차라리 내 가고마지 기다리든 못하리.

오마고 아니 온 죄에 罰 마련을 하라 하면
가네 곧 가네 하고 사흘밤만 두어둘 사
사립에 개 짓는 족족 젠들 짐작 못하리.

—「停雲靄靄」 전문

이 시의 제목을 이루는 "정운애애(停雲靄靄)"라는 표현은 미루어 짐작컨대 도연명(陶淵明)의 「停雲」이라는 시에서 따온 것이리라. 「停雲」은 다음과 같이 시작된다.

靄靄停雲
濛濛時雨

부드러운 안개가 자욱히 끼어 있는 것처럼 구름은 흐름을 멈춘 채 낮게 드리워져 있다. 그리고 계절에 맞춰 내리는 가늘고 섬세한 비는 세상을 흐릿하고 몽롱하게 만든다. 인간사와 시간을 초월하여 존재하는 것처럼 느껴지는 이 같은 정경, 수많은 여백을 담고 있는 수묵화와도 같이 몽롱하고도 아름다운 이 같은 정경은 아마도 도연명뿐만 아니라 조운의 심안(心眼)에 비친 자연의 모습 가운데 하나였을 것이다. 모르긴 해도 기다리는 사람의 모습이 불현듯 나타나기를 고대하며 "사립" 너머 저 먼 곳을 향해 고정되어 있는 시인의 눈에 투사된 자연의 정경이 그러하지 않았을까. 또는 시인의 내면 풍경이 그러했는지도 모른다.

확실히 자욱한 안개처럼 흐름을 멈춘 채 낮게 드리워진 구름은 기다림에 지친 한 인간의 수심(愁心)을 생생하게 전하는 데 더할 수 없이 효과적인 매개물이 될 수 있을 것이다.

한 폭의 아련한 산수화를 연상케 하는 시의 제목을 벗어나면, 인간의 삶이 구체적인 모습으로 우리에게 다가온다. 거기에는 "소식조차 이리 없"는 이를 위해 담근 "김치"가 있고, 기다리다 지쳐서 "올테면 오려무나 말테면 말려무나"라고 공연히 마음에도 없는 말을 하는 사람이 있으며, 주인이 기다리던 이든 누구든 사람이 찾아오면 소리 내어 "짓는" "개"도 있다. 이들은 물론 모두 기다림이라는 인간사를 에워싸고 있다. 사실 탁월한 시적 언어 감각과 함께 절절한 기다림의 마음이 없었더라면 "널 위해 담근 김치 맛도 시고 빛 변했다"와 같은 표현은 결코 쉽게 나올 수 없었을 것이다. "널 위해 담근 김치"가 "맛도 시고 빛 변했다"니! 기다림의 마음을 어찌 이보다 더 생생하고 구체적으로 살릴 수 있겠는가. 그러나 시인은 여기에서 멈추지 않는다. "오만 때 아니 오고는 시니 다니 하렸다"에서 확인할 수 있듯이 시인은 기다리던 이가 마침내 와서 투정하는 상황을 가정해 보기도 하고, 아예 "차라리 내 가고마지 기다리든 못하"겠다고 제 심경을 토로하기도 한다. 시인의 기다림은 마침내 "사립에 개 짓는 족족 젠들 짐작 못하리"라는 푸념 섞인 추정을 이끈다. 만일 "오마고 아니

온 죄에 罰 마련을 하라 하면/ 가네 곧 가네 하고 사흘밤만 두어둘" 경우 무심한 전들 내 마음을 "짐작"하지 못하겠는가로 읽힐 수 있는 세 번째 수에서 "사립에 개 짓는 족족"이라는 표현이 빠졌다면 어떠했을까. 그 표현이 빠졌다면 개 짓는 소리가 날 때마다 밖을 내다보는 시인의 모습과 마음을 읽을 수 없었으리라.

조운의 1947년도 시조집에 수록되지 않은 작품 가운데 「苦待」라는 제목의 시가 있는데, 이는 띄어쓰기나 철자상의 차이를 제외하면 앞서 인용한 「停雲靄靄」와 동일한 시라고 할 수 있다. 「苦待」에 덧붙인 조운의 설명에 따르면, 오겠다는 글을 보낸 후 20여 일이 지나도록 기척이 없는 "C군"에게 사흘 걸러 한 수씩 보낸 시라고 한다. 말하자면, 열 이틀 동안의 애 타는 마음이 세 수로 되어 있는 바로 이 시에 담겨 있다고 할 수 있다. 이를 시조와 관련지어 이야기한다면, 시조의 각 장(章)에 하루만큼씩의 기다리는 마음을 실어 보낸 셈이다.

그처럼 기다리던 이가 마침내 찾아왔다면? 아마도 그 정경을 보여 주는 시가 있다면 이는 또 한 편의 빼어난 시인 「비 맞고 찾아온 벗에게」일 것이다.

어젯밤 비만 해도 보리에는 무던하다
그만 갤 것이지 어이 이리 굳이 오노
봄비는 찰지다는데 질어 어이 왔는고.

비맞은 나무가지 새엄이 뾰족뾰족
잔디 속잎이 파릇파릇 윤이 난다
자네도 비를 맞아서 情이 치나 자랐네.

―「비 맞고 찾아온 벗에게」 전문

이 역시 앞서 인용한 도연명의 시 구절을 연상케 하지만, 계절에 맞춰 내리는 봄비에서 이제 시인의 수심은 읽혀지지 않는다. "그만 갤 것이지 어이 이리 굳이 오노"라고 말하면서도 넉넉하게 "보리"를 적셔주던 "찰"진 봄비를 향한 시선은 따뜻하기만 하다. 결국 그 봄비가 "나무가지 새엄"을 "뾰족뾰족" 돋아나도록 했을 뿐만 아니라 "잔디 속잎"을 "파릇파릇 윤이" 나도록 하지 않았던가. 그러나 시인의 따뜻한 눈길을 여기에 머물지 않는다. 그는 눈길을 옮겨 "비를 맞아서 정이 치나 자"란 "벗"에게 향한다. 그 시선에서 벗을 향한 시인의 반가움이 읽혀지지 않는가.

6

조운의 시선이 사람을 포함한 살아 있는 생명체를 향한 것이든 또는 사물을 향한 것이든 그의 시선을 담은 시에서 우리는 코울리지(Samuel Taylor Coleridge)가 워즈워스(William Wordsworth)의 시를 보고 느낀 바의 경외감을 느낄 수 있는데, 일찍이 코울리지는 워즈워스의 모든 작품세계를 지배하는 시적 탁월성의 원인으로 사물의 본질을

꿰뚫어보는 상상력(imagination)을 들기도 하고, 다른 사람들의 시선에는 좀처럼 보이지 않는 의미를 대상에서 읽어내는 능력을 들기도 하였다. 말하자면, 친숙하고 일상적인 대상을 낯설게 함으로써 대상을 새롭고 신선한 시각에서 다시 볼 수 있도록 하는 놀라운 능력을 워즈워스가 갖고 있음에 코울리지는 주목한 바 있다. 조운의 시선에서 우리는 바로 그런 능력을 확인할 수 있거니와, 그의 시선을 통하는 경우 우리 주변의 생명체나 일상의 사물들은 전혀 새로운 색조를 띄게 된다. 물론 이를 가능케 하는 것은 무엇보다도 시인의 섬세한 시선이다. 조운의 섬세한 시선을 확인케 하는 하나의 예를 들어보기로 하자.

무꽃에 번득이든
흰나비 한 자웅이

쫓거니 쫓기거니 한없이
올라간다

바래다
바래다 놓쳐
도로 꽃을 보누나.

—「무꽃」 전문

시인의 시선은 "무꽃"에 잠시 앉아 있거나 그 주변을 나는 한 쌍의 "흰나비"에게 향해 있다. 한 쌍의 "흰나비"는 "쫓거니 쫓기거니 한없이/ 올라"가고, 시인의 시선도 이를 쫓는다. 사실 여기까지 보면 시인의 시선에는 특별할 것도 새로울 것도 없다. 아니, 어린 시절 밭이나 들에서 나비나 잠자리를 잡으려고 했던 적이 있는 사람이라면 누구나 자신의 의식 저편에 추억으로 간직하고 있는 그런 시선이다. 그러나 시인은 시선을 여기에서 거두어들이지 않는다. "한없이" 날아 올라가는 "흰나비" 한 쌍을 "바래다/ 바래다 놓"친 시인은 시선을 다시 "무꽃"으로 향하고 있는 것이다. 시인은 왜 그의 시선을 "도로 꽃"에 주는 것일까. 여기에서 우리는 "무꽃"의 색깔이 희다는 점을 환기할 수 있는데, 어떤 의미에서 보면 시인의 시선을 통해 "무꽃"은 놓친 "흰나비"가 되고 놓친 "흰나비"는 "무꽃"이 되고 있는지도 모른다. 아니, "무꽃"이 "흰나비"를 대신하고 "흰나비"가 "무꽃"을 대신하고 있는지도 모른다. 말하자면, "무꽃"은 "흰나비"의 은유적 의미를 드러내기 위한 매개물(vehicle)이 되고 있고, "흰나비"는 "무꽃"의 은유적 의미를 드러내기 위한 매개물이 되고 있는 것이 아닐까. 또는 시인의 시선을 통해 "무꽃"이 "흰나비"로 새롭게 살아나고 "흰나비"는 "무꽃"으로 새롭게 살아나고 있는 것이 아닐까. 보다 더 정확하게 말하자면, 여기에서 유추 관계를 이루고 있는 것은 "무꽃"의 꽃잎들과 "흰나비 한 자웅"

의 날개들일 것이다. "흰나비"의 날개와도 같은 "무꽃"의 꽃잎이, "무꽃"의 꽃잎과도 같은 "흰나비"의 날개가 시인의 역동적인 시선—지상에서 하늘로, 하늘에서 다시 지상으로 움직이는 시인의 시선—을 통해 생생하게 살아나고 있지 않은가.

시인의 시선과 관련하여 또 하나 논의 대상이 될 수 있는 것은 언어 사용과 관련된 것인데, 무엇보다도 "무꽃에 번득이든/ 흰나비 한 자웅"이라는 표현에 주목하기 바란다. 한 쌍의 "흰나비"가 "무꽃"에 잠시 앉아 있거나 그 주변을 나는 모습을 시인은 "번득이는"이라는 단 한 마디의 말로 표현하고 있지 않은가. 이는 언어의 경제적 사용이라는 측면에서뿐만 아니라 시어의 적절성이라는 측면에서도 주목할 만한 표현이다. 시어의 적절성이라니? 우리는 "번득이다"라는 표현이 "빛이 반사하여 시각적으로 어지럽다"는 뜻으로 이해될 수 있음에 유의해야 할 것이다. 이 같은 이해에 따르면, "번득이는"이라는 표현은 시각적 어지러움으로 인해 "흰나비"와 "무꽃"이 어우러져 언뜻 보아 서로 구분되지 않는다라는 함의를 담기 위한 것이라는 설명이 가능하지 않을까. 바로 여기에서 "흰나비 한 자웅"을 "바래다/ 바래다 놓"친 시인이 시선을 "흰나비"에 대신하여 다시 "무꽃"으로 향할 수 있는 단초가 마련되는 것이 아닐까.

7

이처럼 시인의 역동적인 시선뿐만 아니라 예민한 언어 감각이 조운의 빼어난 시 세계를 가능케 하는 동인(動因)이 되고 있다. 조운의 빼어난 시조 작품들 가운데에서도 특히 빼어난 것을 하나 고르라면 적지 않은 사람들이 「九龍瀑布」에 눈길을 던질 것이다. 그 이유는 무엇일까. 이 역시 시인의 역동적인 시선과 예민한 언어 감각 때문이 아닐까. 여기에서 조운의 시조 작품 가운데 유일하게 사설 시조의 형식으로 되어 있는 이 시에 우리의 눈길을 주기로 하자.

사람이 몇 生이나 닦아야 물이 되며 몇 劫이나 轉化해야 금강에 물이 되나! 금강에 물이 되나!

샘도 江도 바다도 말고 玉流 水簾 眞珠潭과 萬瀑洞 다 그만두고 구름 비 눈과 서리 비로봉 새벽 안개 풀끝에 이슬 되어 구슬구슬 맺혔다가 連珠八潭 함께 흘러

九龍淵 千尺絶崖에 한번 굴러 보느냐

—「九龍瀑布」 전문

시인은 금강산 구룡폭포의 "千尺絶崖"를 굴러 떨어지는 폭포수의 장려함에 압도되어 있는 것일까. 또는 경이를 체험하고 있는 것일까. 그는 "물"이 되어, 그것도 "금강에

물"이 되어 "九龍淵 千尺絶崖에 한번 굴러 보"기를 염원한다. "물"이 된다는 것은 무엇을 의미할까. 일반적으로 물은 만물의 근원, 생명의 근원으로 이해되기도 하는데, 이런 의미에서 볼 때 "물"이 되고자 함은 근원으로의 회귀를 의미할 수 있다. 물론 이 같은 견해를 축어적으로 받아들여 시인이 지금 근원으로의 회귀를 염원하고 있다고 말한다면 이는 지나치게 단순한 해석이 될 수도 있다. 어쩌면 엄청난 경이 앞에서 사람들이 일반적으로 느끼는 경이감이 그런 형태로 표출된 것인지도 모른다. 경이감을 체험한다는 것은 자신이 무화(無化)되고 그 무화된 자리에 경이의 대상이 들어서서 순간을 체험하는 것, 자신이 경이의 대상이 되고 경이의 대상이 자신이 되는 순간을 체험하는 것이 아니겠는가. 물론 이 경우 시인에게 경이의 대상은 바로 저 폭포의 "물"이고, 그는 이미 관념적으로 "千尺絶崖"를 굴러 떨어지는 "물"이 되어 있는지도 모른다. 바로 이 시에 담긴 시적 발언은 관념의 세계와 실제의 세계를 뛰어넘어 완전한 의미에서의 "千尺絶崖"를 굴러 떨어지는 "물"이 되고자 하는 그의 염원을 표현하기 위한 것이 아닐까. 어쨌든, 시인에게 시의 중장에서 시인은 "물"이 되되 어떤 물이 되고자 하는가를 밝히고 있는데, 그가 되고자 하는 물은 "구름 비 눈과 서리 비로봉 새벽 안개 풀끝에 이슬"이다. 말하자면, "샘" "江" "바다" "玉流 水簾 眞珠潭과 萬瀑洞"의 물과 같이 평면적 또는 이차원적 구도 안에 놓여 있는 물이 아니라, 천상에서 지상에 이르기까지 입체적 또는 삼차원적 구도 안에 놓여 있는 물이다. 즉, "구름 비 눈과 서리 비로봉 새벽 안개 풀끝에 이슬"이라는 구절은 지상의 물이 천상으로 올라가 "구름"이 되고 그 구름이 "비"와 "눈"이 되어 다시 지상에 이름을, 그리고 대기의 수분이 지상으로 내려와 "서리"가 되고 "새벽 안개"가 되고 또 "풀끝에 이슬"이 됨을 함축하고 있다고 볼 수 있거니와, 우리는 여기에서 보이지도 않고 들리지도 않는 자연의 역동적인 움직임과 변화를 읽게 된다. 그 모든 자연의 역동적인 움직임과 변화는 비로소 구룡폭포에 와서 가시화(可視化)되고 가청화(可聽化)되고 있는 것이 아닐까. 어떤 의미에서 보면, 구룡폭포의 "千尺絶崖"는 하늘을 떠받치고 있는 하나의 거대한 벽일 수 있고, 그런 의미에서 천상에서 지상에 이르는 공간을 압축해 놓은 것이 다름 아닌 구룡폭포일 수 있다.

어쩌면 시인의 시선에 구룡폭포는 이처럼 천상에서 지상에 이르는 세계 공간을 재현해 놓은 것으로 보였는지도 모른다. 만일 그러하다면, "물"이 되어 구룡폭포의 "千尺絶崖"를 "굴러 보"는 일은 천상에서 지상에 이르는 세계 공간을 한 순간에 체험하는 일일 수 있다. 그 한 순간을 위해 시인은 "몇 生"의 시간도 "몇 劫"의 시간도 기꺼이 바칠 수 있음을 암시한다. 바로 이런 의미에서 볼 때, "千尺絶崖"를 "굴러 보"는 일은 세계 공간을 체험하는 일일 수 있되, 단순한 의미에서의 세계 공간의 체험이 아니다. 이는 엄청난 세월을 순간과 맞바꾸는 것이라는 점에서 종교적, 초자연적 신비를 동반하는 것일 수 있다. 조운의 「九龍瀑布」가 엄청난 의미와 무게를 담고 있는 엄청난 시라는 느낌이 드는 이유는 바로 이 때문이 아닐까. 필경 구룡폭포의 장려함에 못지 않은 장려함을 지니고 있는 것이 바로 이 시일지도 모른다. 뒤집어 말하자면, 우리가 체험하지 못한 저 구룡폭포의 장려함이 어떠한 것인지를 미루어 짐작할 수 있게 하는 것이 조운의 「九龍瀑布」인 것이다.

실로 "千尺絶崖"를 굴러 떨어지는 폭포수만큼 속도감과 역동감을 지닌 활달한 언어로 인해 이 시를 읽다 보면 폭포수가 떨어질 때 들리는 소란스러운 소리가 귓전에 들리는 듯도 하다. 사실 이때의 속도감과 역동감을 가능케 하는 것이 다름 아닌 사설 시조라는 형식이 아닐까. 그러나 이 시의 종장을 이루는 절제된 언어가 보여 주듯이 끝을 맺을 때 가서 절도 있게 끝을 맺도록 하는 것도 또한 사설 시조라는 형식이기도 하다. 바로 이 언어의 절제로 인해 초장에서 시작하여 중장에 이르기까지 점증하는 언어의 속도감과 역동감이 더욱 더 극적으로 살아나고 있는 것이 아닐까. 마치 장엄한 교향곡이 갑작스럽게 그러나 절도 있게 끝남으로써 장엄함에 대한 기억을 청중의 마음속에 여운처럼 남기듯.

「九龍瀑布」와 같은 시와 만나는 일은 실로 엄청난 시

적 체험이 아닐 수 없다. 바로 이런 의미에서 우리가 1949년 이후 계속 이어졌을지도 모를 조운의 시 세계를 아쉬워하는 것이다. 어떤 의미에서 보면, 바로 그 때문에 그가 1949년까지 남긴 시 세계가 우리에게 더 더욱 소중한 것이 아닐까. 소중한 조운의 시 세계에 들어와 미답의 세계를 경험하기를 모든 이에게 청하는 바이다. 확신컨대, 여러분의 호기심은 곧 놀라움으로 바뀔 것이다.

조운 연보

1900년 6월 26일 전라남도 영광군 영광면 도동리 136번지에서 아버지인 오위장(五衛將) 창녕조씨(昌寧曺氏) 희섭(喜燮)과 어머니 광산김씨(光山金氏)의 1남 6녀 중 위로 네 누나와 밑으로 두 누이 사이에서 외아들로 출생. 본명 주현(柱鉉) 자는 중빈(重彬), 1940년에 필명인 운(雲)을 본명으로 개명, 생모인 광산 김씨는 소실이며 본처의 소생으로는 2남이 있음.

1903년 12월 12일 부친 사망.

1917년 영광보통학교를 졸업하고 공립목포상업학교 입학(일제 때 5년제 목포상업학교의 전신인 3년제 목포상업전수학교가 1920년 6월 1일 개교되었고 그 이전에 연제(年制) 미상의 또 다른 공립목포상업학교가 있었는데 조운이 입학한 학교는 바로 이 전수학교 이전의 공립목포상업학교를 뜻한다. 3년제 목포상업전수학교의 기록을 보면 학생들의 입학 전 학력이 모두 공립목포상업학교로 기재되어 있는 것으로 보아 조운이 입학한 이 학교는 2년제 고등보통학교인 것으로 추정됨).

1918년 1월 17일 동갑내기인 김공주(金公珠)와 결혼.

1919년 1월 6일 장녀 옥형(玉馨) 낳음. 공립목포상업학교 졸업. 3·1독립운동에 가담(『절라남도시』, 「영광의 독립운동」

편에 보면 당시의 지도인물로 조운이 포함되어 있으며 그들이 중심이 되어 결성한 청년회와 영농회 등이 주동하여 3월 14일 5백명, 15일 1천5명이 시위를 벌였다고 기록되어 있음). 일경의 추적을 피해 만주로 망명. 5월 21일 장녀 옥형 사망. 만주에서 서해(曙海) 최학송(崔鶴松)과 만남. 서해는 조운의 문단활동에 중대한 계기를 가져다 주었으며 후에 조운의 매부가 되었음. 두 사람은 만주와 시베리아 등지를 더불어 방황했으며 금강산과 황해도, 해주, 개성 등지의 고적지를 답사.

1921년 귀향.

1922년 1월 10일 차녀 나나(那那) 낳음. 중등과정인 사립 영광학원 국어교사로 취임(이 학교는 조운의 한터울 위의 매부인 위계후(魏啓厚)를 중심으로 영광의 지도자들이 설립한 학교로서 이 고장의 민족의식 고취와 계몽운동의 거점이 되었으며 5년제 영광중학교 설립추진 및 전국적인 대일교육항쟁으로 발전했던 영광교육운동의 모체가 되었음). 『자유예원(自由藝苑)』이라는 향토문예지를 등사판으로 발간했음. 이 잡지는 우리 나라 지방문예부흥운동의 선구이며 효시로서 매주 월요일과 금요일 2회에 걸쳐 영광학원 교사나 학생, 그리고 일반 부녀자에 이르기까지 문학에 관심을 갖는 사람이면 누구나 의무적으로 작품을 내게 하여 장원을 한 작품은 문예전문지인 개벽사(開闢社)에서 발행하는 자매지 『부인(婦人)』이라는 월간지에 발표하는 특전을 주었음. 이 학교 교사로 와있던 박화성(朴花城) 씨도 세 번 장원하여 『부인』지에 실렸다고 술회하고 있음.

1922년 10월　시조 동호회인 추인회(秋蚓會) 창립. 회원 30명이 월 1회 창작시조를 발표하고 등사판으로 시조집을 간행했음. 추인회는 이 같은 시조 창작활동 이외에도 전국적으로 확산되고 있던 문맹퇴치, 물산장려, 외화(倭貨)배척 등의 계몽운동에 참여하여 각종 강연회를 주최하였으며 신재효(申在孝)의 판소리 여섯마당의 발굴복원, 소인극회의 활동, 「에스페란토」의 보급 등에 앞장섰음. 이 무렵부터 가람 이병기(李秉岐)가 추인회의 초청으로 영광을 내왕하게 되었으며 이처럼 추인회의 움직임이 활발해지자 일경의 탄압을 받게 되어 결국 해체됨. 추인회는 자유예원과 아울러, 우리 나라의 대표적인 자방문예 운동이었음.

1924년　『조선문단(朝鮮文壇)』 제2호(11월호)에 최초로 「초승달이 재넘을 때」 등 3편의 자유시 발표. 『조선문단』에서 일하고 있던 서해 최학송과의 우정이 계기가 되어 『조선문단』을 통한 작품활동이 본격화됨.

1924년 11월 2일　김공주와 협의이혼.

1925년　조운의 주선과 춘원 이광수의 추천으로 박화성의 단편소설 「추석전야(秋夕前夜)」가 『조선문단』 1월호에 발표됨. 박화성은 조운과 더불어 1922년에 영광중학교에 취임. 『자유예원』을 통해 조운으로부터 본격적인 문학지도를 받았음.

1925년 3월　영광중학교 폐쇄(영광의 지도자들이 중심이 되어 전국민의 성금으로 추진되던 영광중학교 설립운동은 고하

(古下) 송진우(宋鎭禹)를 중심으로 서울에서도 교육지도자들의 영광중학교 설립 후원단체가 결성되고 동아일보가 수차에 걸쳐 사설을 쓰는 등 우리 나라의 항일 교육운동의 양상을 띠기까지 했으나 결국 영광 부호의 비협조로 좌절되었으며 서립인가가 나올 것으로 예정하고 학생을 모집하기까지 했던 이 학원마저 문을 닫고 말았음).

1925년 9월 와병으로 전북 고창 선운사에서 요양하다가 구름다리(고향 마을의 속칭)로 돌아와 달맞이 방(서재를 일컬음)에서 투병.

1927년 한터울 밑 누이인 조분려(1903년 6월 1일생)와 서해 최학송 결혼.

1927년 7월 27일 조운이 주축이 된 청년회, 영농회, 토우회, 추인회 등이 중심이 되어 가람 이병기를 초청, 영광의 문학도와 청년·부녀들을 대상으로 7월 31일까지 5일간에 걸쳐 읍내와 불갑사 등지를 탐승하며 한글강습회와 시조강좌 개최(삼중당 문고 간 「가람문선」의 기행문 편을 보면 가람과 조운은 불갑사 해불암, 선운사를 함께 여행했으며 부안 변산 등지를 돌며 매창(梅窓)의 묘와 문화유적지를 둘러보았음. 또 가람의 일기초(日記抄)에 보면 그 후로도 그들의 깊은 교분이 눈에 뜨임).

1928년 영광보통학교에서 교편을 잡고 있던 2세 연하인 27세의 노함풍(魯咸豊)과 재혼.

1929년 3월 30일 장남 홍재(泓載) 낳음.

1931년 2월 10일 차남 청재(淸載) 낳음. 영광천년회 제3대 회장 취임(3·1운동과 영광학원, 영광중학교 기성회, 유치원

등의 설립을 주도한 청년단체).

1933년 6월 14일 3남 명재(溟載) 낳음. 영광금융조합 재직.

1934년 2월 영광에서 항일민족자각운동의 일환으로 독서회인 갑술구락부(甲戌俱樂部) 결성, 회장 취임. 고서화전람회, 문학강연회, 무용의 밤, 고전음악의 밤, 소인극회 등 각종 문화운동 주도.

1937년 9월 19일 영광체육단 사건으로 투옥(영광체육단은 1934년 4월 이 지방의 민족지도자들에 의해 결성되어 영광군민운동회의 개최를 주도했으며 이를 영광, 장성, 고창, 정읍 등 4개군 연합운동회로 확대 발전시켜 매년 순회개최키로 함으로써 민족단합을 선도했음. 4월에 개최된 영광군민운동회에는 베를린 올림픽의 영웅인 남승룡(南昇龍) 선수가 참석하여 배일사상을 고취했음. 영광체육단이 이렇게 조직화되고 비대해지자 일경들은 「동방약소민족 옹호」와 「대한독립만세」라는 전단을 거리에 붙였다는 무고한 혐의를 날조하여 영광체육단의 지도급인사 3백여 명을 체포, 약 1년 6개월에 걸쳐 41명을 목포검찰에 송치하여 37명을 불기소했으며 조운을 포함한 4명을 예실에 넘겼음).

1939년 2월 8일 예심면소 처분으로 1년 7개월 만에 출옥.

1941년 새로 발족된 조선식량영단(朝鮮食糧營團, 대한식량공사의 전신) 영광출장소 서무계장 재직.

1945년 9월 영광민립중학교(영광종합고등학교의 전신)의 설립진기구인 정주연학회(靜州硏學會) 결성, 회장 취임. 영광건국준비위원회 부위원장.

1947년 가족과 함께 서울로 이주. 5월 5일 『조운 시조집』(조선사) 간행. 동국대학 출강. 시조론, 시조사 강의.

1949년 가족과 월북.

참고문헌

방인근, 「문사(文士)들의 이 모양 저 모양」, 『조선문단』, 1925. 2.

최서해, 「병우(病友) 조운(曺雲)」, 『조선문단』, 1925.11.

최서해, 「문사(文士)들의 얼굴」, 『조선문단』, 1926. 5.

최서해, 「문단(文壇) 소식(消息)」, 『조선문단』, 1926. 8.

이병기, 「시조(時調)란 무엇인고」, 『동아일보』, 1926. 12. 13.

이은상, 「3월의 시가(詩歌)」, 『동아일보』, 1927. 4. 11.

윤곤강, 「창조(創造)의 동기(動機)와 표현(表現)」, 『새한민보』, 1948. 3 21.

한춘섭, 「운 · 조주현(雲 · 曺柱鉉) 시인론(詩人論)」, 『시조문학』, 1977. 6.

류제하, 「다양한 시도가 주는 현대성 '조운 시조집'이 갖는 의미」, 『시조문학』, 1980. 3.

박홍원, 「전남 현대문학의 선구자 조운」, 『전남문단』 13호, 1986. 1. 30.

박홍원, 「조운의 문학, 정선되고 다듬어져 정감있게 울리는 시어들-그의 시조에 나타난 문학성」, 『월간예향』 48호, 1988. 9. 1.

문무학, 「조운 연구」, 『대구어문논총』 7호, 1989. 11.

조창환, 「조운론—해금문인연구 9」, 『현대문학』 419호, 1989. 11.

임종찬, 「조운 시조와 민족정신」, 『부산대인문논총』 35호, 1989. 12.
한춘섭, 「찾아낸 조운 시인의 면모」, 『시조문학』 94호, 1990. 2.
김상선, 「조운론-특히 그의 시조를 중심으로」, 『산목함동선선생화갑기념논총』, 1990. 6.
이정자, 「밝혀진 조운의 면모와 그의 작품연구」, 『시조문학』 96호, 1990. 9.
오승희, 「조운론」, 『교원대한국어문교육』 1권 1호, 1990. 10.
김기현, 「조운의 생애와 문학-전기 및 서지의 복원을 위하여」, 『시조학논총』 6호, 1990. 12.
조창환, 「조운론」, 『아주대인문논총』 1호, 1990. 12.
김재용, 「식민지적 무의식으로부터의 해방, 그 빛나는 성취」, 『작가』, 2000. 7.
김현선, 「조운 시조의 전통계승과 의의」, 『작가』, 2000. 7.
유재영, 「'조운 시조집'은 책이 아니고 차라리 스승이었다」, 『작가』, 2000. 7.